AQUARIUS

AQUARIUS

AQUARIUS

AQUARIUS

每個人心中都有一座島嶼，

藉文字呼息而靜謐，

Island，我們心靈的岸。

如果愛情是一間鬼屋

黃凱德

毒蘋果上閃爍著細碎的光，
是詩人對愛情以及生活的精準觀察。

——徐珮芬

黃凱德深諳諧幽默文學的王道：
自嘲，讓人不小心笑得太大聲時，
還會覺得有點抱歉。

——鴻鴻

當愛情疑雲重重，才情水落石出，
他用文字築起一間間窄小的密室，
我甘願受困其中，
享受他所寫下真相不只有一個的故事。

——鄭茜馨

輯一　靜靜地流浪在內

輯二　唯物史觀之我們

輯三　是不是疑雲重重

輯四　早晚得各餵一次

輯一

靜靜地流浪在內

約會

晚風故意吹入

場景和情節的深度

攝影機故意仰角

拍攝浪漫的五官瘦小

男人故意站成非常孤單

胸膛故意向未來敞開

女人故意美麗

頭髮故意飄出香氣

命運故意一段若即若離

書本故意無辜掉落

音樂故意驚心動魄

四目故意交接故意點亮

彼此瞳孔裡故意一閃一閃的燈

不遠處一朵花故意幸福

故意長得像春天剛剛到來

戲院裡的愛情故意好萊塢

我故意看得投入

而妳故意毫不在乎

初牽

慢慢走

總會來到

車很多的路口

情場

他本來是要去打仗的

結果卻當上了戰地記者

鬼故事 No.1

如果愛情

是一間鬼屋

妳一定長髮披肩

躲在裡面

鬼故事 No.2

在愛情這條

冷冷清清的路上

我或許是那個

印堂最黑的人

鬼故事 No.3

妳像一陣陰風

颳得我

滿腦子邪念

鬼故事 No.4

如今我們

兩人一起的自拍

為何看起來

那麼像

我的孤獨的

靈異照片

鬼故事 No.5

渣男們決定

重新做人

一天到晚

早上我不想睡醒

這樣就能假裝旁邊有妳

下午我寫了一首陰天的詩

因為希望下雨和妳擦肩

傍晚我流落那座公園

喵一聲以為妳會聽見

深夜我輾轉難眠地等著

妳進入夢境

假期

只要找到故布疑陣的深景

以及不怕抒情的道具

庸俗的故事就有了

純粹為了委婉的開始

月光鑽入襯衫的皺褶

剛跟潮汐竊竊私語的拖鞋

走在這條

蟲鳴與青苔交錯

的小徑

妳的影子

融進海風被拉長

我們的腳趾於是

最後相遇

然後妳說

夏天就將結束

我說

其實妳才是我的假期

漫無目的

而且毫無動機

難題

是不是我太笨

還是愛情

這道題

真的太難

考不到第一

等於留級

初夜

每當想起

那一晚的匆促

他就要抽

一支長長的

事後菸

舊習

她終於不再想念

那個人，但是

依然有點念舊：

很久沒有

新的傷口了

無題

我給我的病

取了你的名字

情話

精子對卵子說

是我

爛情詩

寫一首情詩

抄來各種

臭酸的字句

肉麻的隱喻，還有

因為存放太久難免

噁心倒胃的讚譽

當她這樣說：

這真是

踏破鐵鞋無覓處

絕無僅有的

一首爛詩啊

就這樣回答：

因為

沒有妳

情人節前夕

今晚臨睡前

記得要告訴自己

明天是兒童節

醒來才不會懷有

成年的感傷

過年

有些親戚

一年只見一次

卻喜歡問起

我的終身

他們會問

交不交女朋友啊

娶不娶老婆啊

要不要介紹給你啊

一年又過一年

他們的人數少了

不再執著多問

我鬆了口氣發現

有交女朋友但是分了所以

也娶不到老婆而且

才不要你介紹

好不好的

這樣過了很多

很多年

暗戀之

哲學題

假如一個人在愛情裡倒下

而附近沒有人聽見

他／她到底有沒有

發出心碎的聲音？

造句題

小花暗戀小明很久

最後枯死了

申論題

關於喜歡妳

這回事

我是那個血淋淋

最無力的證據

填充題

在陽光燦爛和

月色淒迷之間

放進妳

是非題

雖然他是錯的

但是愛上他

卻是對的

選擇題

a) 繼續假裝

b) 停止掩飾

c) 稍微露餡

d) 徹底放棄

e) 以上皆是皆非

作文題

我的夢想是當

一名老師

在她的

我的夢想的作文裡

特別註明：see me

聽寫題

只要聽到他的聲音

她就想寫下

幸福這兩個字

連線題

重影

週期性失眠

心律不整

腎虧   她

尿道炎

耳鳴

淚腺腫大

天文題

黑洞是這樣形成的

愛情這個動詞

某個早晨

照常飢餓地醒來

卻逼於無奈把妳

從牙縫中

剔出來

放在舌頭

再吞嚥一遍

愛情這個副詞

以為已經

用遺忘消化

然而總有剩下來的

淤積在盲腸邊

不易溶解

等著隱隱作痛於

某個深夜

幾何

昨晚夢見了她
從抱枕那頭遠遠走來
重複舊有的語氣：
「我們即將展開一段
少了對方，但卻
擺脫不了彼此
的生活。」
然後我像一本失敗的
言情小說按內容的設定
醒來後充滿

大量美學品味的糾結和

一些媚俗的疑點

失眠時想要擁抱

咳嗽時想喝枇杷膏

天氣三十二度時想去旅行

寂寞時想經過一盞街燈

回憶不可自拔時想看電影

肚子餓時想四處餵食流浪貓

用殘留著肉的骨頭

跟牠們互換角色

以眼神道別

不過是幾何題

那些說不上來的

平行對角等邊不等邊

時間和夢總是形狀怪異

佔了太大的面積

就算是貓

也走不出去

布宜諾斯艾利斯

就從 157 頁開始

「我們是不是

確定要被拯救？」

過去的有一天

我下定決心未來要去

一趟布宜諾斯艾利斯

那裡有不置可否的漁港

和終日遊手好閒的漁夫

天空永遠湛藍得好像

憂鬱卻滿足的樣子

那是一個適合出海的下午

我像是一座浮標醒來

棉被裡藏了風浪

捲著我如傾漏的羊水

衝上了今生

意猶未盡的現場

之後在另外一天

我繼續寫詩

排列生活裡的種種錯失

果然還是忘了

有一天的那麼一個下午

布宜諾斯艾利斯的漁夫

正在等著我

從岸灘走向漁港

帶著一本書

翻到最後一頁

讀出時間挫敗的聲音

「因為這一切

和我們

已經發生。」

沿著時間

降落於我們假設

可能延伸的虛線

其他旅行團不曾來過

有煙囪的景點

住在陽光深居簡出的老房間

收養一隻品行良好的貓

然後故意弄丟行李

戒掉往日的惡習

一起斷絕家鄉的音訊

只留下冒險

因為愛情同樣可能也有

水土不服的那一天

時間感

坐在那個黃昏

晃蕩過的鞦韆

用力甩出一種

隨時飄散的感覺

像是一朵紙花

搖曳在童話

蔥綠而遙遠的草地

以靈魂僅剩的電力

混著沉默不語的沙粒

砌磚、築牆、放置砲台

蓋起一座易碎的城堡

對抗時間

隱隱然的侵襲

電擊

妳像一道閃電落下

過了很久

在另一個下雨天

我的心裡才

雷聲隆隆地發覺

自己原來早已

被妳擊中

望著天空就會想起的事

那個人如雲花一般

飄過了那個春天

好情詩

把你寫進一首

風和日麗的詩

這樣我就可以晴朗地

靠近，假裝只是偶遇

你說你也在這裡啊

我說這是我

最完美的作品

初吻

從此之後

其他的嘴唇和舌頭

都欠缺了

回憶的潤滑度

愛在無法蔓延時

冬天僵硬的慾望

布滿春天的油脂

不能自已而

燒得所剩無幾

雖然妳都看不見

這些過度

激動的意義

但是妳應該明白

愛　情　易　燃　的

道

理

妳說，還有一場瘟疫

還未過去　　　　　像是預告我們之間無法蔓延的繼續

情歌

梁靜茹是不是

躲在每一個分手

的角落

看到誰經過

她就偷偷

小小聲地唱

愈難過愈好聽的歌

雨天

我要把思念

傳染給你

然後各自一起

打噴嚏

雨天 2

披一張屋簷狀的棉被

聽一首永不漏水的老歌

想一個古銅色的回憶

飲一口防風的熱茶

讀一本陽光灑在頁角的小説

寫一封最後摺成紙船的信

愛一位肉質肥美的人

初戀

妳請我吃的那塊糖果

甜了很久

就快變苦了

輯二

唯物史觀之我們

毛衣

迂迴行過她

結冰而濕滑的身體

我暗自盤算到底

需要多少個疑惑的夜晚

才能引來足夠

因為失眠遇見的羊

為她織 100 件毛衣

鼠標

可不可以在

我們之間

按右鍵另存為

一種比較能夠長久保留的

檔

肥皂

我給了你

我所有的赤裸

而你給我的

全部都是泡沫

胭脂

自古多在

唇邊薄命

愛情彎彎的

被我點絳

為女人的紅塵

安全套

自小即有

遠大憧憬

愛情直直的

被我擁緊

成男人的道具

Extra Large

以為那只是

小小的愛
沒料到回憶
卻都是特大號

打火機

擦亮你後

我就想抽菸了

Super Single

還有剩餘的空位

如果有人想

一起簡簡單單的睡

如果沒人

其實也無所謂

反正晚上

超級容易崩潰

可以讓寂寞佔滿

那些剩餘的空位

Morning After

昨夜一顆來不及

胃壁聽到

靜伏在今早的

收割的果實

　　悄
　　　悄

　　　　墜
　　　　　落
　　　　　　後
　　　　　　　顫

　　　　　慄

　　　　　盪
　　　　　　起的

　　　　　　　水　聲

流亡詩人的登機證

PASSENGER：

悄悄的以為自己是徐志摩

FROM：

烏龜露出水面的某個部分

TO：

她的眼瞳裡的雲深不知處

DATE：

沒人買詩集讀詩的那一天

CLASS：

中度縱慾的無辜無產階級

FLIGHT：

心事重重

的拋物線

TIME：

比晚風再

稍晚一點

GATE：

含羞草與

薄霧之間

SEAT：

偏離光但

靠近孤獨

WhatsApp

有意把很多話

說得很漫長

漫長到

左邊的那個人

終於出現

讓一切思念

都藍藍了起來

KY

把痛

留給分手之後

情書

我的口水

死心塌地地

黏住了一個信封

襪子

當襪子比鞋子先破

一個洞，當隱喻

和語義排列成

如此無從誤解並且

不便明說的時候

她轉身對我說

不如就一起入秋吧

防曬油

忘了塗

因為

我以為

他是那種

曬不傷的夏天

口紅

最熱情奔放的顏色

牌子名叫

前男友

Siew Dai

如果想要少糖

當初又何須對我

那麼甜

洗髮劑

你以為我們完了

其實我還在等

你不甘心地

拍拍頭

愛

漸漸困乏而

突然哽咽的

一個形聲字

泡麵

每當飢寒交迫地

想起妳

我就會變得 QQ

覺得自己像是一碗

味精過多的泡麵

明知毫無營養

但卻熊熊冒著熱氣

鮮肉

第一眼看到你

還未被這個世界

下鹽抹油醃製

連續翻面煎熟的樣子

我想不如就

貪得無厭地去愛

然後千迴百轉地

用一生

去拉肚子

安全套 2

世　　界　　上　　最

遙　　　　遠　　　　的　　　　距　　　　離

輯三

是不是疑雲重重

暖男

他在愛情中永遠坐北朝南

下雨天送傘

打雷絕不縮成一團

通貨膨脹照樣請吃飯

懂得寫詩和擦眼淚

讓妳覺得

幸福很近前任很遠

世界原來很高清

肌肉津津有味

牙齒栩栩如生

肩膀大一號

腳趾頗有學問

內心且極具彈性

記得妳三叔公的忌日

大姨媽的來臨以及

未來孩子的洋名

見到流浪在外的小貓

便想帶妳

回家睡覺

宅男

關上門之後

我把自己活成了

一個錯綜

但毫不複雜的房間

因為擁擠而滿足

於存在的觸手可及

彷彿時間沒有

騰出多餘的空隙

所以只能擺放書架

依照日子的色系

排好那些少女嬌嗲的

聲音和裙裾

開啟電腦進入夜色

最敏感的邊陲

紅塵中都是

騎兵們揚起的

風颯颯

癱在滾滾的指頭

還有半箱杯麵

餵養我這半輩子

需要外加熱水

蓋住泡煮

再等個數分鐘

就會變軟的命運

患者

他只是對命運執著

那天吞了一顆藥

去找巷尾的春嬌

以充血的意志

替換失效的筋肉

吁吁匍匐於

漸漸封閉的洞穴

春嬌說：「他來過

可是短暫，而且

無力。」

直男

他們偶爾也懂

浪漫狂野，比如

接吻時

伸出舌頭

不管對方會不會

因此懷孕

好人

最後她說：

你是一個好人

就走了

幸好她沒看到

我當場

壞掉的樣子

讀者

書頁與書頁之間的灰塵沾著

二胡琴弦咿咿呀呀

咿咿呀呀中某個

飄忽不定

而逃逸的音階

從行句之間的門縫

流瀉與月光相依

越過一排馬鞍顛簸

千百里的婉約

三更天崎嶇不平

必然於燈火明滅的棧道

落在那一位書生喃喃的眉眼

妳是青樓內低唱身世的歌女

我是逐字逐句的讀者

不斷尋著妳們的初見

外籍愛情

星期天
水泥停止倒灌
地板維持鋥亮

他們約好
一起野餐

（單身）女性交友軟體指南

向右是愛

向左是不愛

這一刻的

愛或者不愛

無須一生掛肚

可以隨時牽腸

學生哥

青春是一本正經

裝訂的參考書

和一罐藏起來的雞精

我戴眼鏡為了

看清知識的憂鬱

現實總是蒼白

手腳因此顯得無力

渴望晨早擁抱對方

但常常半夜遺漏自己

肌肉男

全身風和日麗

而且出門還有陽光

照在臉頰和牙齦

我的手臂比夏天粗壯

小腹像是海浪拍打

岩邊的石粒

留下那些陰影深深

淺淺彷彿

來自希臘悲劇

老頭子

以僅剩的睾丸激素

買了一副墨鏡

穿上旅遊過

夏威夷的衣褲

在荒涼的盡頭

塗上熱辣的生髮油

賣弄除了我以外

那些不會衰老的

做人的理由

舊愛

我們皆是

彼此的舊愛

為何歲月留下深淺

不一的痕跡

有些愛

似乎

舊得比較快

七夕

這一晚

織女做愛時

特別牛

我的志願

小時候

我就知道了

自己憂鬱

而感傷的祕密

有一天老師

要我們寫一篇作文

關於我的志願

我拿起筆左思右想

偷瞄了隔壁桌男生

期盼登陸火星的眼神

於是我輕浮地

只是希望

快點長出喉結

用一種粗糙的勇氣

小心去愛

另一個同樣快要

長出喉結的人

我並沒有誠實地

把內心的歪歪斜斜

整齊在稿紙謄寫

不過我如期長出了

成長沙啞的感覺

後來的事情必然

大家都忘了

人世比登陸火星

還要悲壯

可是每當我抬頭

望向小時候的天空

那依然是

我的志願

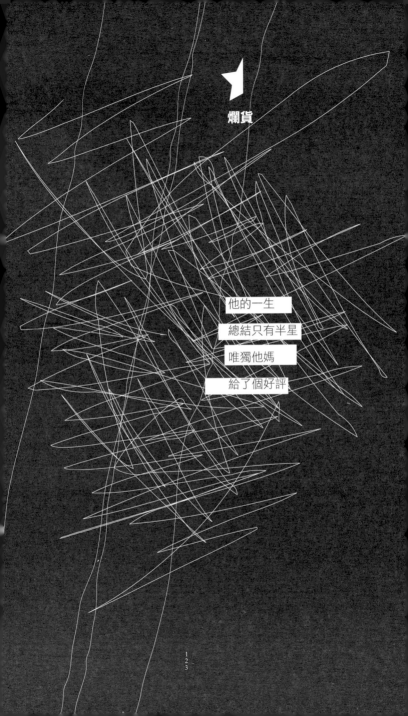

爛貨

他的一生

總結只有半星

唯獨他媽

給了個好評

如果老男人的愛情可以搜尋

是不是因為她

我連拜六禮拜

都想上學

7:42・未長毛小學・35 years ago・21 views

原來喜歡一個人

必須大大聲

叫出來

1:06・說時遲那時快錄像帶・32 years ago・334 views

我的舌頭終於明白

快樂是

一種濕的狀態

0:03・瓊瑤小説遺漏的細節・30 years ago・568 views

愛情有史以來

妳是那個

最美的新娘

12:58・直到生死相許教堂・26 years ago・9415 views

房子各分一半

家具各分一半

記憶任意保留

5:01 · 大伯公律師樓 · 17 years ago · 18 views

還沒來得及算到

那隻羊

天就亮了

4:03:29 · 海馬非馬牌床褥 · 14 years ago · 380 views

吞了一顆小藥丸

做寂寞的

藍色的愛

30:00・冥冥中街燈下・3 days ago・0 views

小倩

那時王祖賢還很瘦

張國榮比誰都美麗

徐克要拍鬼戲

大家於是穿上古裝

闖進聊齋裡的陰風

陣陣照著

愛情的走位

融入黃霑作的主題曲

一個夜黑風高走失了一介書生

一道急急如律唸出了一尊羅剎

一段前世今生囚禁了一隻女鬼

一場翻雲覆雨唯美了

一位觀眾困乏的青春

業已成形的高潮

看完電影後

十五歲的我對於未來

仍然充滿許多無知和猶豫

可是只要晚上行在

四下無人的路邊

都希望被姥姥盯上

中文系男生的失戀宣言

妳像是一聲輕唇音

消逝在盛唐晚期

李白詩歌裡的醉意

愛情太過史坦尼斯拉夫斯基

需要一場五四

推翻文謅謅的記憶

我們的近代史硝煙四起

不妨就用現代主義

將過去隱藏於

書寫的符號和隱喻

可是畢竟知易行難啊

孔子說過

生活中到處都有妳

信達雅的翻譯

輯四

早晚得各餵一次

螳

當個處男

就得繼續

抬起頭

勇敢地活下去

魚

以為你是大海

游進去後卻發現

原來是玻璃缸

偶爾撒些飼料

髒了便換水

順便把我倒掉

梟

你把我留在黑夜

叫我不要轉身

可是沒說

不可以

頻頻回首

燕

每次擁吻

她總會盡量分泌

多一些

高檔的唾液

蛙

童話的夜晚下了雨

一片窪地響起

還未被吻過的王子

悶悶不樂的唏噓

蝦

親熱時

我通常先會

滿臉通紅

然後才放鬆捲成

很熟的樣子

長頸鹿

如果頸項是最渴望被愛撫的肌膚

我的孤獨

直直的

還在長高

並且太過明顯

當我經過你

一望無際的視線

全身就冒出了

那些敏感的

像是曬了太陽而

來不及痊癒的斑點

因為妳是

我站了一輩子的曠野

蛛

給人搬進來

還不如

自己結網

是的

我說的正是

那個房間

螢

因為他喜歡看

我就

閃啊閃啊閃啊

閃啊閃啊閃

閃啊閃啊

閃啊閃

閃啊

閃

啊

蝸

用慢慢一輩子

去愛一個人

以小步

以天荒地老的速度

來到他的面前

驢

愛的路上

他學會修圖後

才順利

變成了馬

狗

靠近她的時候

我晃晃蕩蕩

很慶幸

自己沒有尾巴

蛆

當他死了吧

愈腐爛

愈好

鴉

終於來到

你兀自離開

我自嘆倒楣

這樣的

一個黃昏

蛾

那個發光的人

給了你一雙
最輕盈的翅膀

又給了你一場
最耀眼的火葬

象

我記得我愛過的

每個人的每個

沉著的理由

以及每個

不愛了之後的每個

笨重的藉口

貝

既然肉身註定掏空

打開或者

不打開

自己都是

最堅強的決定

蠅

那些往事

時不時總會

飄來一股

寂寞的餿味

蟬

他是這樣一個

匆匆而過的夏天

不管我怎麼叫

都叫不住

熊

在我心底盤根錯節的叢林

你常出沒

我有注意

蟻

他談戀愛了

內心無比甜蜜

覺得連小便

大概都能引來

整排隊伍歡慶

牛

我草食而他

喜歡吃漢堡

蚊

逾期逗留的下場

即是死在命運無情的手上

貓

她也不挑剔

只要誰

看起來比較古埃及

她就選誰

鴿

她悄悄搬家後

舊址的老房子

屋簷滿是

哀怨纏綿的鳥糞

蚤

今天又被咬了

腫一大塊

抓了還癢的記憶

而你是如此善於藏匿

適時偷襲後

總是無處可尋

蝶

她打開交友軟體彷彿

裝上絢麗的彩翼飛過

一片壯觀的塑膠花海

蟒

當擁抱變成纏繞

一圈一圈

直到對方粉身碎骨

或者自己精疲力盡

鷺

涉水的身影縱然

美麗，但是更遠的

那片天空

才是她的目的

蛭

我一身總算

託付給你

豬

當他沉沉睡去

我隨即驚醒

在一座農場

烏賊

有些人來過之後

胸口邊就會

黑黑的

後記

情詩和鬼片是一樣的東西，看多了都會造成難以磨滅的心理陰影，神經兮兮地懷疑每個隱晦不明的角落，突然出現不該出現的物體。某種朦朧飄零或者蒼白無依的模樣，看清楚比沒看清楚來得可怕，有時則恰好相反，雖然明明是自己嚇自己，但是下一回仍舊措手不及。我偶爾閒來無事打掃房間時，常在地板上撿到幾根細長的頭髮，那些愛情冤魂不散的隱喻，像是一間鬼屋的場景。因為我不會拍電影，所以就統統寫進詩裡。

國家圖書館預行編目資料

如果愛情是一間鬼屋/黃凱德著. -- 初版. --
臺北市 : 寶瓶文化事業股份有限公司, 2023.08
　　面 ; 　公分. -- (Island ; 327)
ISBN 978-986-406-366-6(平裝)

851.486　　　　　　　　　　　　112008726

Island 327

如果愛情是一間鬼屋

作者/黃凱德

發行人/張寶琴
社長兼總編輯/朱亞君
副總編輯/張純玲
資深編輯/丁慧瑋　編輯/林婕伃
美術主編/林慧雯
校對/林婕伃・陳佩伶・劉素芬・黃凱德
營銷部主任/林歆婕　業務專員/林裕翔　企劃專員/李祉萱
財務/莊玉萍
出版者/寶瓶文化事業股份有限公司
地址/台北市110信義區基隆路一段180號8樓
電話/(02) 27494988　傳真/(02) 27495072
郵政劃撥/19446403　寶瓶文化事業股份有限公司
印刷廠/世和印製企業有限公司
總經銷/大和書報圖書股份有限公司　電話/(02) 89902588
地址/新北市新莊區五工五路2號　傳真/(02) 22997900
E-mail/aquarius@udngroup.com
版權所有・翻印必究
法律顧問/理律法律事務所陳長文律師、蔣大中律師
如有破損或裝訂錯誤，請寄回本公司更換
著作完成日期/二〇二二年
初版一刷日期/二〇二三年八月二十二日
ISBN/978-986-406-366-6
定價/三〇〇元

愛書人卡

感謝您熱心的為我們填寫，
對您的意見，我們會認真的加以參考，
希望寶瓶文化推出的每一本書，都能得到您的肯定與永遠的支持。

系列：Island 327　書名：如果愛情是一間鬼屋

1. 姓名：＿＿＿＿＿＿＿＿　性別：□男　□女

2. 生日：＿＿＿年＿＿＿月＿＿＿日

3. 教育程度：□大學以上　□大學　□專科　□高中、高職　□高中職以下

4. 職業：＿＿＿＿＿＿＿＿

5. 聯絡地址：＿＿＿＿＿＿＿＿＿＿＿＿＿＿＿＿＿＿＿＿＿＿＿＿＿

　 聯絡電話：＿＿＿＿＿＿＿＿＿　　　手機：＿＿＿＿＿＿＿＿＿

6. E-mail信箱：＿＿＿＿＿＿＿＿＿＿＿＿＿＿＿＿＿
　　　　　□同意　□不同意　免費獲得寶瓶文化叢書訊息

7. 購買日期：＿＿ 年 ＿＿ 月 ＿＿日

8. 您得知本書的管道：□報紙／雜誌　□電視／電台　□親友介紹　□逛書店　□網路
　 □傳單／海報　□廣告　□瓶中書電子報　□其他

9. 您在哪裡買到本書：□書店，店名＿＿＿＿＿＿　□劃撥　□現場活動　□贈書
　 □網路購書，網站名稱：＿＿＿＿＿＿　　□其他＿＿＿＿＿

10. 對本書的建議：（請填代號　1. 滿意　2. 尚可　3. 再改進，請提供意見）
　　 內容：＿＿＿＿＿＿＿＿＿＿＿＿
　　 封面：＿＿＿＿＿＿＿＿＿＿＿＿
　　 編排：＿＿＿＿＿＿＿＿＿＿＿＿
　　 其他：＿＿＿＿＿＿＿＿＿＿＿＿
　　 綜合意見：＿＿＿＿＿＿＿＿＿＿＿＿＿＿＿＿＿＿＿

11. 希望我們未來出版哪一類的書籍：＿＿＿＿＿＿＿＿＿＿＿＿＿＿

讓文字與書寫的聲音大鳴大放

寶瓶文化事業有限公司